re

24522

QUELQUES FABLES

INÉDITES,

LUES

Aux dernières Séances publiques de l'Académie royale
des Sciences, Belles-Lettres et Arts de Marseille;

Par M. JAUFFRET,

BIBLIOTHÉCAIRE DE LA VILLE,

L'UN DES SECRÉTAIRES PERPÉTUELS DE L'ACADÉMIE.

MARSEILLE.

IMPRIMERIE D'ACHARD, MARCHÉ DES CAPUCINS, N° 4.

—

1838.

QUELQUES FABLES INÉDITES.

LE RAT ET LE CHAMEAU,

FABLE,

A M. Ch.-L.-F. PANCKOUCKE.

———

Toi qui, sans nul effort, conçois et réalises,
Typographe hardi, ces vastes entreprises
Dont chacune à ton nom donne un lustre nouveau ;
CHARLES, que diras-tu de mon Rat jouvenceau,
  Croyant, dans son petit cerveau,
  Ses mesures assez bien prises
Pour pouvoir dans son trou faire entrer un Chameau ?
Tu trouveras ce Rat, selon toute apparence ,
  Digne des Petites Maisons.
C'est sa place, en effet. Mais pourquoi sa démence
  Est-elle si commune en France ?
  En veux-tu savoir les raisons ?
C'est que Paris est plein de folle suffisance ;
Et que vouloir tenter par delà sa puissance
Est l'écueil ordinaire au siècle où nous vivons.

  Un Rat , dans la vigueur de l'âge,
Rat qui passait pour fou, bien qu'il se crût fort sage,
Disait à ses Ratons groupés autour de lui :
Il faut qu'on sache enfin jusqu'où va mon courage,

Et que de mes hauts faits chacun parle aujourd'hui.
Je roule, dans ma tête, un projet admirable.
Jamais Rat, jusqu'ici, n'en conçut de semblable.
      Transfuge de ces bords lointains
      Que fréquentent les Pélerins,
Un Animal bossu, d'une étrange figure,
Voyage avec sa suite, et touche à nos confins.
      Je cours à lui: je le capture ;
Et si rien ne s'oppose à mes hardis desseins,
Je l'amène enchaîné dans ces lieux souterrains.
— Que devons-nous penser d'une annonce pareille?
— Que vous serez bientôt témoin d'une merveille.
= Le Rat, parlant ainsi, sort précipitemment,
Cherchant de tous côtés l'Animal d'Orient.
Il l'eut bientôt rejoint. Seul et tout à son aise,
Dans un pré riverain le Chameau pâturait ;
Attendant le retour du Chamelier Nikaise,
      Qui probablement s'enivrait
      Dans le plus prochain cabaret.
Du cou du Dromadaire une laisse pendante
Traînait, comme à dessein, sur l'herbe verdoyante.
Bien! très-bien! dit le Rat: en tirant ce licou,
Je puis acheminer le Géant vers mon trou.
Or, j'ai de bonnes dents... L'Animal débonnaire
Me prendra, j'en suis sûr, pour son guide ordinaire.
Essayons... O prodige!.. Au premier mouvement,
Seigneur Camelino suit machinalement.
Le Rat, voyant marcher l'Animal et sa bosse,
Eût volontiers crié: place, place au Colosse!
Ecartez-vous un peu messieurs les regardants!

Mais n'imaginez pas qu'il desserrât les dents.
Le rusé craignait trop de faire une sottise,
Et de voir le Géant s'enfuir s'il lâchait prise.
Il resta donc muet tout le long du chemin.
Au seuil de sa demeure arrivant à la fin,
Vous l'eussiez vu déjà prêt à crier : victoire!
Quand tout-à-coup survient un échec à sa gloire.
Devant le gîte étroit que le Rat habitait
  Le Chameau s'arrête tout net.
  Pour l'entraîner dans le goulet
Le Rat vainement tire, et sue, et se travaille,
  Camelino reste en arrêt :
Disant que le logis n'est pas fait à sa taille,
Et que de s'amoindrir il n'a pas le secret.

L'entreprise d'un fou, quelquefois très-hardie,
Echoue au dénoûment, et n'aboutit à rien.
  Il n'appartient qu'au vrai génie,
Quand il conçoit un plan de l'amener à bien.

LES DEUX VERRES,

FABLE.

—

Un Verre de cristal riche et d'un beau fini,
  Vrai chef-d'œuvre de ciselure,
Se vit, dans un festin, placé, par aventure,
  Non loin d'un Verre tout uni.

Après un moment de silence,
Le vin les fit parler. Tranchant de l'Excellence,
Le Verre de cristal à son obscur voisin
 Dit ces mots, d'un ton de dédain :
On t'a fait bien chétif. — Un peu moins d'arrogance !
Lui répond celui-ci, gardant son quant-à-soi :
 Entre nous deux tout se compense.
 Tu m'éclipses par l'élégance ;
 Mais je tiens plus de vin que toi.

Le riche est orgueilleux et relève la crête.
Mais souvent son voisin, qu'il traite avec hauteur,
A beaucoup plus que lui de vertu dans le cœur
 Et de cervelle dans la tête.

LE ROSSIGNOL ET LE BENGALI,

FABLE,

—

D'un oncle au Bengale établi,
Un amateur d'oiseaux reçut un Bengali.
On devine aisément le soin qu'il en dut prendre.
 Au plumage le plus joli
Ce Phénix des Moineaux joignait un chant si tendre,
Qu'on aimait à le voir presqu'autant qu'à l'entendre.
Un jeune Rossignol, près de lui prisonnier,
De ses admirateurs ne fut pas le dernier.
L'aspect du Bengali l'égayait dans sa cage ;

Et son chant gracieux allait jusqu'à son cœur :
Pour le nouveau venu triomphe bien flatteur,
  Car on sait qu'en fait de ramage
  Un Rossignol est connaisseur.
Mais voilà tout-à-coup que par la Renommée
Instruite des talents de l'Oiseau d'outremer,
Une Princesse vient, le voit, en est charmée,
Veut l'avoir à tout prix, et s'exprime d'un air
A montrer qu'un refus pourrait coûter fort cher.
L'affaire fut conclue aussitôt qu'entamée.
Qu'eût gagné l'Amateur à paraître insoumis ?
Une Altesse aux refus n'est point accoutumée.
Celle-ci triompha. L'Oiseau lui fut remis.
Le pauvre Rossignol, privé de la présence
  Et des accents du Bengali,
Dans un morne chagrin vécut enseveli :
  Il prit en dégoût l'existence.
Le voyant succomber à son mortel ennui,
  L'Amateur ému vint lui dire :
Cesse de te vouer au plus cruel martyre,
Va, Rossignol, retourne aux bois dès aujourd'hui.
Près des ruisseaux fleuris, sous les vertes coudrettes
Tu verras des Pinsons, des Linots, des Fauvettes....
  — Non, je meurs... J'ai perdu celui
Qui seul toucha mon cœur... puis-je vivre sans lui ?

  On voit des gens toute la vie
  Sans les remarquer seulement.
  On n'en voit d'autres qu'un moment,
  Et jamais on ne les oublie.

LA CIGALE ET LA FOURMI,

FABLE,

A Mlle MARIE PONTÈS; AGÉE DE NEUF ANS ET DEMI.

—

APPROCHEZ, jeune Marie,
Vous dont ma vieillesse envie
Les beaux neuf ans et demi,
Et l'aimable étourderie;
Venez, sans monotonie,
Réciter à votre ami
LA CIGALE ET LA FOURMI.

=La Cigale de mon livre
Je la savais au berceau.
La Fontaine la fait vivre
De Mouche ou de Vermisseau.
L'été, toute la journée,
Par le plaisir entraînée,
Elle chante son refrain,
Sans souci du lendemain;
Mais quand l'hiver vient enfin,
Quand la neige et la famine
Font qu'elle se détermine

A frapper au souterrain
De la Fourmi, sa voisine,
La priant de lui prêter
Quelque grain pour subsister
Jusqu'à la saison nouvelle,
Celle-ci se moque d'elle,
Et lui dit en ricanant :
« Vous chantiez, Mademoiselle,
« Eh bien dansez maintenant! »
Sans copier La Fontaine,
Il est un de nos amis
Qui dans son Recueil a mis
Les mêmes acteurs en scène.
Sa Fable, sans hésiter,
Je puis vous la réciter.
L'Auteur veut vous la soumettre.
Bonhomme, autant qu'on peut l'être,
Tout son désir aujourd'hui
C'est que vous trouviez en lui
Quelques reflets de son Maître.

LA CIGALE ET LA FOURMI,

PAR M. JAUFFRET.

La Cigale, après avoir
Consumé tout son avoir,
Oublieuse de sa peine,
Alla chanter dans la plaine.
Elle vit, chemin faisant,
La Fourmi laborieuse

Traînant un brin de froment
Dans sa cité caverneuse.
Quel rude métier fais-tu,
Fourmi, lui dit la Cigale?
Quoi! dès l'aube matinale
T'épuiser pour un fétu!
Ose expliquer ta conduite.
Qui t'enseigna, réponds-moi,
A faire un si triste emploi
Du temps qui se précipite
Et qui nous traîne après soi?
Ton trésor est assez ample.
Qui peut te déterminer
A ne jamais te borner?
L'autre, sans se détourner,
Lui répondit : ton exemple.

LE NEZ DE CIRE,

FABLE.

—

Un Baron à la guerre avait perdu son Nez.
    Tant d'autres y perdent la vie!
    Celui-ci dans sa baronie
Revint joindre les siens... les trouva consternés.
Femme, enfants, nul n'osait le regarder en face.
Eh! mon Dieu, leur dit-il, je connais ma disgrace,
    Et vous m'en voyez tout confus.

Vous chercheriez en vain le Nez que je n'ai plus....
Ce Nez est loin d'ici ; mais je vis, je respire ;
 Et, pour adoucir vos regrets,
Un habile mouleur me fait un Nez de cire,
Exactement semblable à celui que j'avais.
Je l'attends aujourd'hui... Quelqu'un sonne à la porte :
C'est, je n'en doute pas, mon Nez que l'on apporte.
On l'apporte en effet. Le Baron au miroir.
 Va se l'ajuster, et s'écrie :
Il est parfait. L'Artiste a comblé mon espoir.
Madame la Baronne approchez, je vous prie ,
Ouvrez les yeux ma Fille, accourez Chevalier ;
 Rendez hommage à l'industrie !
 Mon second Nez vaut le premier.
Il lui ressemble assez, oui ; mais il tourne à droite,
 Dit la Dame... c'est un défaut.
 Souffrez que d'une main adroite
 J'arrange ce Nez comme il faut.
Maman, que faites-vous ! Quel mécompte est le vôtre !
S'écria Rosalba : vous avez tout gâté.....
 Le Nez penchait trop d'un côté,
 Voilà qu'il penche trop de l'autre.
A son tour elle y touche, et dans le même instant.
 Le Chevalier en fait autant.
Le Baron leur criait : êtes-vous en délire ?
Laissez mon Nez en paix ! Que chacun se retire !
Mais tous allaient leur train, sans écouter ses cris....
Si bien que le Chef-d'œuvre arrivé de Paris
Se brise sous leurs doigts, et que du Nez de cire
 Ne resta que les débris.

Où ce Nez va-t-il me conduire?..
Conter n'est rien... Il faut instruire...
Or, de ma Fable, en ce moment,
Voici la leçon que je tire...
Je l'applique au Gouvernement.
L'Etat est, comme on sait, une grande famille.
La bonne intelligence en est le fondement,
Mais en donneurs d'avis quand le pays fourmille...
Quand les avis donnés diffèrent de tout point;
Quand ce que Paul voudrait Pierre ne le veut point;
Quand chaque citoyen, au gré de son caprice,
Porte en réformateur la main sur l'édifice...
Le pauvre Etat chancelle... et bientôt... que sait-on?
Il peut avoir le sort qu'eut le Nez du Baron.

L'ÉCOLE PRIMAIRE DES SINGES,

FABLE,

A M. JULES JANIN.

—

Je me disais l'autre matin,
Rêvant aux Ecrivains dont s'honore la France :
La postérité qui s'avance
Signalera, j'en suis certain,
Plus d'une heureuse ressemblance
Entre La Fontaine et Janin.
Un air de parenté se remarque en leur style.

C'est ce doux abandon, cette grâce facile,
Et ce beau naturel qui fait qu'en se flattant,
Tout homme qui les lit dit : j'en ferais autant.
   Indépendants par caractère,
Ils vont, en se jouant, à la postérité ;
Car tous deux, à l'envi, dans le champ littéraire,
   Papillonnant en liberté,
Savent avec des riens nous instruire et nous plaire.
Leur devise à tous deux c'est *La diversité !*
Tâchons, dans ce récit, d'imiter leur manière,
  D'en saisir au moins quelques traits.
  D'autres l'ont tenté, je le sais,
Mais inutilement ; car quoi qu'on puisse faire,
Plaire est un don du Ciel qui ne se transmet guère.
  Et puis, chaque homme à son destin.
Sur mille auteurs, jaloux d'illustrer leur mémoire,
Deux ou trois seulement parviennent à la gloire.
  Les autres, comme ce Marin
  Dont je vais vous conter l'histoire,
  Après un effort triste et vain,
Restent désenchantés au milieu du chemin.

Certain Aventurier, jeté par la tempête
Dans une île du Sud, où pour seuls habitants
Il trouva des Pongos et des Orangs-outans,
Pour être bien vu d'eux les flatta, leur fit fête,
  Et fut jusqu'à se mettre en tête
Qu'il pourrait, par des soins assidus et constants,
  Les policer avec le temps.

Ces Singes, disait-il, si l'on en croit l'histoire,
Formaient un puissant peuple. On les vit autrefois
     Tenir tête aux Carthaginois
     Et leur disputer la victoire.
Les Pongos, à la fin, vaincus et dispersés,
     De l'Afrique furent chassés.
Rendons-les, s'il se peut, à leur antique gloire!
Notre homme était un peu malade du cerveau.
     Plein du projet dont il raffole,
Il prend quelques Pongos au sortir du berceau,
     Et le voilà tenant Ecole.
Après un an ou deux, les Singes, sans broncher,
A l'aide d'un bâton, parvinrent à marcher.
     Ils avaient quelque intelligence.
Le Professeur absent rentrait-il au logis,
     Ses Elèves, par déférence,
     Se levaient, s'ils étaient assis,
     Et lui faisaient la révérence.
Enfin, dit celui-ci, le moment est venu
De leur apprendre un art aux Pongos inconnu.
     Quand l'enfant, encore en bas âge,
     Marche seul et sans bourrelet,
     On sait que le commun usage
     Est de le mettre à l'alphabet.
Ne perdons pas de temps; et que l'on puisse dire
Qu'enfin, grâce à mes soins, les Singes ont su lire!
Voilà tous nos Pongos, un alphabet en main;
     Mais ce livret, comme on peut croire,
     Chef-d'œuvre de l'esprit humain,
     N'était pour eux que du grimoire.

Le Maître, à l'expliquer, use en vain ses poumons.
Il y perd à la fois son temps et ses leçons.
    A-t-il recours à la menace,
Et ride-t-il son front de tristesse et d'ennui,
    Chaque Pongo fait la grimace,
    Et ride son front comme lui.
    Cédant un jour à sa colère,
    Il donne un soufflet à l'un d'eux;
    Et voilà que, pour son salaire,
    Au lieu d'un il en reçoit deux.
Ardent à réprimer cette insolence étrange,
Il court à son bâton. Les Pongos mécontents
Se saisissent des leurs, et l'Ecole se change
    En arène de combattants.
Obligé de céder au nombre qui l'accable,
    Le Maître, rossé tout de bon,
Jette enfin loin de lui son funeste bâton,
Et donne de bon cœur tous les Pongos au diable.
Malheureux, leur dit-il, je ferme désormais
    Les portes de l'Académie;
De vous civiliser qu'un autre ait la manie,
    Pour moi, j'y renonce à jamais.
    Je vois trop qu'au siècle où nous sommes,
    Prétendre changer les Pongos,
C'est compromettre autant son bonheur, son repos,
    Que de vouloir changer les hommes.

+>+>+>+>+>+>+>+>+>+>+>+>+>+>+>+<+<+<+<+<+<+<+<+<+<+<+<+ +<+

LE CORMORAN

QUI VEUT MANGER LA LUNE,

FABLE,

A Mlle JOSÉPHINE-NOÉMI JAUFFRET,

MA PETITE-FILLE.

—

Ma petite-fille chérie,
 Pleine d'esprit et de raison,
En preuve d'amitié veut que je lui dédie
 Une Fable de ma façon.
Impossible à mon cœur d'oser lui dire : non.
Je vais donc, pour lui plaire, en imaginer une
Dont la moralité soit bonne à retenir.....
Puisse mon Cormoran qui veut manger la lune
 Se graver dans son souvenir !

Un Cormoran chinois, faible d'intelligence,
Le Nigaud (je n'osais l'appeler par son nom)
 Un soir de la belle saison,
Apercevant la Lune, au sein d'un lac immense,

Prit son disque argenté pour un brillant poisson.
Cela se conçoit-il ? direz-vous . . . . . Pourquoi non ?
Le Renard , qui reçut tant d'esprit en partage ,
      Un soir voyant au fond d'un puits
      L'image de l'Astre des nuits ,
Ne s'écria-t-il pas : Oh ! quel ample fromage !
Il sut se raviser après coup ; mais enfin
      La méprise du personnage
      Doit faire tenir pour certain
Qu'à s'illusionner tout le monde est enclin.
Reprenons maintenant l'histoire commencée
      Au point où nous l'avons laissée.
Mon Nigaud contemplait avec ravissement
Le fantastique objet qui lui semble vivant.
Encouragé qu'il est par sa bonne fortune ,
      Et de sa trouvaille ébloui ,
Il veut plus ; il aspire au bonheur inouï
De se l'approprier, et de prendre la Lune.
      Nageur plein de légèreté ,
Il plonge , au sein du lac transparent et limpide ;
Et le voilà dans l'eau , cherchant d'un œil avide
      Le brillant poisson argenté ,
Le lumineux poisson dont la chair l'a tenté.
Il ne le trouva pas : je m'en serais douté.
Après une heure ou deux d'un travail inutile ,
Il regagnait le bord , désespéré , honteux ,
Quand un petit Brochet se présente à ses yeux ,
Suivi par des Cyprins qui nageaient à la file.
Il pouvait les gober, rien n'était plus facile ;
      Mais notre Nigaud dédaigneux

Les laissa disparaître : il s'attendait à mieux,
Le poisson lumineux lui revient à la tête.
　　Il replonge au milieu des eaux,
　　Et tente mille efforts nouveaux
　　Pour s'en assurer la conquête.
Soins perdus ! il apprit par un dernier échec
Qu'un Oiseau ne prend pas la Lune avec le bec.

　　Tirons quelque fruit de nos Fables :
Mon Cormoran-Nigaud n'est qu'un fou, j'en conviens ;
　　Mais sommes-nous plus raisonnables,
　　Nous qui, fascinés par des riens,
　　Pour courir après les faux biens
Tournons, presque toujours, le dos aux véritables ?

LE VILLAGEOIS ET LA LYRE,

FABLE,

A Mlle EULALIE FAVIER,

AUTEUR DES POÉSIES DE L'AME.

—

　Suis ta carrière, EULALIE,
　Et de ta belle patrie
　Sois la TASTU, la WALDOR !
　Des sons de ta lyre d'or
　Marseille est énorgueillie.

Tu sais captiver les cœurs,
Bientôt tes vers enchanteurs,
Charmeront toute la France,
Admirés des connaisseurs.
Attends-toi pourtant d'avance,
C'est le sort des grands auteurs,
A la froide indifférence
De quelques sots détracteurs,
Plus communs ici qu'ailleurs.
Poursuis ton chemin ; et pense
Que de la reine des fleurs
L'épine, par sa présence,
Ne ternit pas les couleurs.

Echappé de sa province,
Un Villageois bas-breton
Visitait un jour, dit-on,
Les appartements d'un Prince.
Au milieu d'un beau salon,
Sur un socle de porphyre,
Il aperçoit une Lyre,
Et la pince sans façon,
Pour en connaître le son.
Ce son fait grincer l'oreille ;
Dit le Rustre entre ses dents.
Une musique pareille
Peut-elle enchanter les gens ?
Certes ! si je ne m'abuse,
Les sons de la cornemuse,
Du flageolet villageois,

Sont plus charmants mille fois.
Tu parles comme une buse,
Lui répond un des valets,
Sors vite de ce palais.
Laisse ces cordes en paix.
Les sons que ta main en tire
Nous font souffrir le martyre.
Tu mets l'oreille aux abois.
Mais faut-il bien te le dire :
C'est la faute de tes doigts,
Et non celle de la Lyre.

Les sots, troupeau fort nombreux,
Semblent affecter d'ordinaire
D'autant plus de dédain pour la langue des Dieux,
Qu'elle leur est plus étrangère.

LA MOUCHE BLEUE,

FABLE.

—

Sur la rose épanouie
Une Mouche se posa.
Tous les sucs qu'elle y puisa
Etaient des sucs pleins de vie
Aussi doux que l'Ambroisie.

Mais la sotte, avant la fin
D'un si savoureux festin,
Prend une fuite soudaine.
Elle parcourt le jardin;
Et son caprice l'entraîne...
Devinez où... Sur le thym?
Sur l'œillet? sur le jasmin?
Sur la simple marjolaine?
Non, vous n'êtes pas devin.
Par un miasme attirée,
La Mouche aux reflets d'azur,
D'une voûte délabrée
Cherche le réduit obscur;
Et va, ne vous en déplaise,
Du limon le plus impur
Se gorger tout à son aise.

Messieurs, qui trouvez tout bon,
Qui tombez du plus haut ton
Au jargon le plus indigne;
Vous qui sur la même ligne
Placez Virgile et Scarron,
Et Racine et Calderon;
Je vous demande pardon,
Mais c'est vous que je désigne.

LE FILS DU LION DE NÉMÉE.

FABLE.

—

Quand dans ses bras nerveux Hercule eut étouffé
Le terrible Lion qui ravageait Némée,
Monstre dont, avant lui, nul n'avait triomphé,
L'Argolide cessa de gémir opprimée.
Un fils de ce Lion existait cependant,
Lionceau plein de cœur, mais doux par caractère,
Pacifique surtout, n'ayant rien de son père
Que la crinière fauve, et l'œil étincelant.
      Trop jeune encore, et ne voulant
Ni régner après lui, ni venger sa défaite,
Il répudie un sceptre odieux et sanglant,
Quitte le monde, et va, sujet indépendant,
Au pied d'un mont lointain choisir une retraite.
      Son antre fut un sûr abri
      Où le soupçon ne put l'atteindre.
Il y vécut quinze ans, de ses voisins chéri,
      Sans les défier ni les craindre.
Un jour pourtant voilà qu'il ressent dans son cœur

Un petit retour vers la gloire.
Je vieillis, se dit-il, je vois la mort sans peur ;
Mais si je ne fournis une page à l'histoire,
Je mourrai tout entier. Comme un germe avorté,
Dans le fleuve d'oubli mon nom sera jeté.
Evitons cette honte. Usons de stratagème.
　　Sachons nous créer à nous-même
Un monument qui passe à la postérité,
Et qui lui dise au moins quel grand nom j'ai porté.
Sur l'un de ces rochers dont ma grotte est formée,
Et qui doivent durer autant que l'univers,
Tâchons, avant ma mort, d'inscrire ce seul vers :
Ici vécut le fils du Lion de Némée.
　　Emerveillé d'un tel dessein,
　　Le Lion se met à l'ouvrage.
　　Son ongle lui sert de burin ;
　　L'orgueil enhardit son courage.
　　Déjà dans son enchantement
　　Il a de sa griffe royale
　　Ecrit un I très-apparent
　　Sur sa pierre monumentale ;
　　Quand tout-à-coup s'apercevant
　　Qu'un quartier de roche le gêne,
　　Et masque cet œuvre étonnant
　　Qu'il poursuit avec tant de peine,
Il fait pour l'arracher un effort surhumain.
Mais qu'en arrive-t-il ? Un désastre soudain.
Cette roche enlevée entraîne ses voisines,
　　Fait écrouler le souterrain ;

. Et l'écriture , et l'écrivain
Restent ensevelis sous les mêmes ruines.

Que d'Auteurs ici-bas , (le monde en est rempli :)
Qui , bercés d'un beau rêve , et poursuivant une ombre,
Cherchent à se survivre , et tombent dans l'oubli
      Avec leur œuvre inaccompli !
Je crains , un de ces jours , d'en augmenter le nombre.